Hubertus Scheurer

Himmelfahrten
zu Gottvater
als zweiter Sohn und sein Berater

Lyrik

Bibliografische Information der Deutschen Nationalbibliothek:
Die Deutsche Nationalbibliothek verzeichnet diese Publikation in der
Deutschen Nationalbibliografie; detaillierte bibliografische Daten sind im
Internet über http://dnb.d-nb.de abrufbar.

Satz, Umschlaggestaltung:
Willy Arndt

Herstellung und Verlag:
BoD - Books on Demand, Norderstedt
ISBN: 978-3-7322-1245-3

Informationen über:

www.Hubertus-Scheurer.de

Inhalt

Jesus und Hubertus

Zwei Engel haben mich heut Nacht
Ins Himmelreich zu Gott gebracht;
Da saß er vor mir auf dem Thron
Und sprach: Du wirst mein zweiter Sohn,

Nebst Jesus, der lebt hier im Glück,
Will auf die Erde nicht zurück;
Dafür hab ich Dich ausersehn,
So kann es dort nicht weitergehn;

Mit Mord und Totschlag, Lug und Trug,
Mir reicht's, ich habe längst genug;
Versuch Dein Bestes, hilft es nicht,
Dann halt ich ab ein Strafgericht.

Schlägt man wie Jesus Dich ans Kreuz,
Ich sage Dir, die Welt bereut's;
Du kommst zu uns, wirst auferstehn,
Auf Erden ein Inferno sehn.

Bedenket Euer Ende

Gott gab es mir im Schlafe,[1]
Daß ich mit Worten strafe,
Was meine Augen sehen
An unrechtem Geschehen.

Denn Recht, es muß Recht bleiben,[2]
Doch was die Richter treiben
Mit mir, das stinkt zum Himmel
Wie Gammelfleisch mit Schimmel.

Bedenket Euer Ende,[3]
Die Botschaft, die ich sende :
Ihr zahlt die Sünden teuer
Dereinst im Fegefeuer.

Dort wird gerecht gerichtet,
Der böse Geist vernichtet;
Sollt Besserung ich sichten,
Werd ich's dem Herrn berichten.

Sh.: Zu [1] Psalm 127,2 / zu [2] Psalm 94/15
zu [3] Sirach 7,40

Die Welt im Argen

Die Welt, sie liegt im Argen;[1]
Die Menschheit kaut am kargen,
Am kargen Brot gemeiner Lust;
Johannes hat es schon gewußt.

Doch sie ist so geblieben,
Wie er sie hat beschrieben;
Drum wurd ein Täter ich des Worts,[2]
Verkünde weiter allerorts:

Wacht auf! Laßt Euch nicht knechten
Im Land von Selbstgerechten,
Die hier aufgrund von Macht und Stand
Den Bürger drücken an die Wand,

Wenn er sich wagt zu wehren,
Freiheit und Recht zu Ehren;
Die Welt, ich bring sie nicht ins Lot,
Doch kämpf' ich bis zu meinem Tod.

Sh.: Zu [1] Der erste Brief Johannes, Kap. 5,19
zu [2] Jacobus, Kap. 1, 22-23

Richter richten Recht zugrunde

Wenn die Richter, im Vertrauen,
Nur auf Paragraphen bauen,
Sich allein darauf beschränken,
Nicht befähigt, selbst zu denken,

Und gelenkt von Machtinteressen
Wahrheit keinen Wert beimessen,
Richten sie, das sei die Kunde,
Wieder mal das Recht zugrunde.

Es heißt, das Levitenlesen
Wäre hilfreich schon gewesen,
Vielleicht, unterlegt mit Psalmen,
Bis die Ohren ihnen qualmen.

Dabei scheint es angemessen,
Dies als Trost nicht zu vergessen:
Auch den Richtern, geistig armen,
Wird der Herrgott sich erbarmen,
Wenn sie ehrlich sich verpflichten,
Sich nach seinem Wort zu richten.

Noch eine Chance

Augen haben und nicht sehen,
Ohren haben und nicht hören, *
Daß wir uns nur recht verstehen,
Ich werd Eure Ruhe stören,

Damit Euch ein Licht aufgeht,
Bevor Ihr vorm Richter steht
Und ein höheres Gericht
Über Euch das Urteil spricht.

Gilt für Menschen, jene kalten,
Die im Dienst der Staatsgewalten
Unrecht mit der Macht entfalten
Und sich für unfehlbar halten.

Nun, verdient habt Ihr es nicht,
Doch ich seh mich in der Pflicht,
Euch noch eine Chance zu geben
Für den Gang ins ew'ge Leben.

*Sh.: Psalm 115;5,6

Die Gehörnten

Mit der Sanftmut wirst Du kaum
Dir im Staat Gehör verschaffen,
Sprach der Herr zu mir im Traum,
Mußt die Zügel kräftig straffen.

Wenn Gericht und Polizei
Sich auch künftig weiter aalen,
Im gemeinen Lügenbrei,
Gieße aus des Zornes Schalen !*

Wer verdammt wird durch den Zorn,
Damit kannst Du was erreichen,
Dem wächst aus der Stirn ein Horn,
Unverwechselbar als Zeichen.

Daran werden sie erkannt;
Haben dann nichts mehr zu lachen,
Denn ein jeder wird im Land
Einen Bogen um sie machen.

*Offenbarung, 16,1

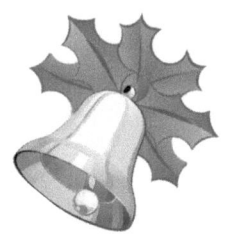
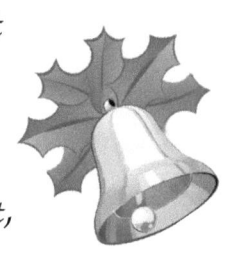

Heiligabendhimmelfahrt

Heiligabend eingeläutet,
Glockenhell, Gesänge zart;
Was für mich sogleich bedeutet,
Eine weitere Himmelfahrt.

Jesus möcht ich gratulieren,
Zum Geburtstag bei ihm sein;
Mit Gott dann Gespräche führen,
Er lud mich ganz herzlich ein.

Gerne würd ich mir versagen
Noch mal eine Erdenfrist,
Doch ich laß ans Kreuz mich schlagen,
Wenn das die Bestimmung ist.

Die Geschlechtslosigkeit der Engel

Weshalb Engel geschlechtslos sind,
Dies lässt sich leicht erklären,
Weil sie auch so, und das geschwind,
Sich jeden Tag vermehren.

Der Nachschub kommt vom Erdball rauf,
Seit Menschen dort bestehen,
Und löst die Menschheit sich nicht auf,
Wird es so weitergehen.

Gespräche mit dem Herrn

Wir verstanden uns aufs Beste
Beim Besuch zum Weihnachtsfeste;
Die Gespräche, die wir führten,
Wie sie mich doch tief berührten.

Dann erwähnte ich am Rande,
Alfred K. aus deutschem Lande;
Gott sprach: Es ist angemessen,
Daß Du den wirst schnell vergessen;

Doch Du kannst ihn von mir grüßen,
Er wird seine Sünden büßen,
Sollte jetzt schon, statt zu beten,
Selbst sich in den Hintern treten.

Der Patriarsch

Hamburgs Springerblatt-Kultur,
Die den Bock zum Gärtner macht,
Sieht auf einem Auge nur,
Was der alte Bock vollbracht.

Was denselbigen verschönt,
Davon sind die Blätter voll,
Ihn zum Patriarchen krönt,
Erfüllt Jesus auch mit Groll.

Seinen Lehren widerspricht,
Daß der, wie ein Bock gemein,
Gute Pflanzen tritt, zerbricht,
Sollte gar ein Gärtner sein.

Bruder Jesus bat mich drum,
Blas ihm weiterhin den Marsch,
Dieser Bock macht Leute dumm
Und ist nur ein Patriarsch.

Bei Christus

Wenn sich der Pater Benedikt,
Weil er ein wenig anders tickt,
Auch an den Knaben mal erquickt,
Ist das in dem Fall ein Delikt,

Das innerhalb der Kirchensphäre,
Bei Christus, nicht zu dulden wäre;
Der hätte sich das wohl verbeten
Und würd ihm in den Hintern treten.

Da hülf kein Jammern und kein Klagen,
Er würd ihn aus der Kirche jagen,
Doch Sünden kann schon hier im Leben,
Das macht er auch, der Papst vergeben.

Dies ist für Pater Benedikt
Ein sehr willkommenes Relikt,
Im Dunkel der Vergangenheit,
Gepriesen und gebenedeit,
Das eigentlich zum Himmel schreit.

Osterfeier ohne Eier

Zum lieben Gott, Herr Jesus sprach:
Mein Vater, hör nur, welche Schmach,
Daß sogar Priester auf der Erden
An jungen Knaben schuldig werden.

Nimm mal den Papst streng ins Gebet,
Damit ein andrer Wind dort weht;
Statt zu beglücken mit dem Segen,
Sollt er bei Priestern Hand anlegen.

Sie gänzlich von dem Trieb befrein,
Sündhafte Priester selbst entein;
Sonst fällt noch mancher ab vom Glauben,
Wenn Kindern sie die Unschuld rauben;
Und künftig gibt's die Osterfeier
Für sie dann nur noch ohne Eier.

Wie die Raben

Nicht mal unterm Petersdom,
In dem Vatikan von Rom,
Hörn wir, solle sicher sein,
Von St. Petrus das Gebein.

So beginnt man, wie die Raben,
Seine Knochen auszugraben,
Weil der Papst auf seinem Thron
Wittert eine Sensation.

Knochen könnten Aufschluß geben
Über Petrus' Tod und Leben,
So daß hier die Pietät
Gar nicht erst zur Frage steht.

Fehlt nur, daß aus Petrus' Knochen,
Man lässt eine Suppe kochen,
Für den Papst, der sie verspeist,
Einverleibt sich Petrus' Geist.

Der voreilige Vater

Inzwischen kehrte Stille ein
Um Petrus' Knochen, sein Gebein;
Wahrscheinlich wurde offenbar,
Daß es ein grober Fehler war,

Die Ausgrabung von Petrus' Knochen
Als Sensation so hoch zu kochen;
Der Papst war deshalb gut beraten,
Nicht zu verkünden weitere Taten.

Zu wünschen bleibt, daß man vergißt,
Was bisher schon geschehen ist;
Sonst könnten ihn wohl, die ihn kennen,
Den voreiligen Vater nennen.

Blitzableiter auf der Krone

Jesus sprach: Ich muß Dir sagen,
Es befällt mich Unbehagen,
Wenn man läßt von Kardinälen
Einen Stellvertreter wählen.

Nein, das kann ich gar nicht leiden,
Noch kann Vater selbst entscheiden,
Wer dort unten auf der Erden
Soll sein Stellvertreter werden.

Diese Eigenmächtigkeiten
Gilt es abzustelln beizeiten,
Bevor Vater setzt ein Zeichen,
Das endgültig stellt die Weichen.

Er könnt einen Blitzschlag senden,
Um das Treiben zu beenden,
Doch ich möcht den Papst bewahren,
Vor den drohenden Gefahren.

Er soll, das mußt Du ihm sagen,
Einen Blitzableiter tragen,
Oben, hoch auf seiner Krone,
Damit ihn der Blitz verschone.

Die Papst-CD

Geld bringt Kassen zum Erklingen,*
Deshalb hört den Papst man singen
Auf der CD, welche man,
Wenn man Geld hat, kaufen kann.

Denkt er an den Michael Jackson,
Gibt es für ihn kein Relaxen;
Es wär doch gelacht, wenn er
Nicht auch so erfolgreich wär.

Um in dessen Haut zu schlüpfen,
Würd im Kreis er sogar hüpfen,
Und ein Traum würd für ihn wahr:
Benedikt ein Sangesstar.

*Sh.: Dominikanermönch Johann Tetzel

Kondom aus Rom

Es ist schon ein gutes Omen,
Wenn der Papst in seinem Amt,
Nun das Tragen von Kondomen
Nicht mehr ausnahmslos verdammt.

Daß die Menschen sich vermehren,
Bleibt zwar oberstes Gebot,
Um den Papa zu verehren
Eben wegen ihrer Not.

Doch er sollt dem Zwang sich beugen,
Will er christlich sein, der Mann,
Daß die Menschen nicht mehr zeugen,
Als ihr Land ernähren kann.

Theater

Mein Freund, der gab mir zu verstehn,
Er säh mich nicht mehr heiter;
Sollt deshalb ins Theater gehn,
Bot sich an als Begleiter.

Da sagte ich, mein lieber Mann,
Ich brauche kein Theater,
Es reicht, schau ich das Fernsehn an,
Seh dort den heilgen Vater,

Wie der vergibt im Nachtgewand
Die Sünden, spendet Segen,
Die Menschen bringt um den Verstand,
Was kann schon mehr bewegen?

Kirchliche Macht

Der Kirche Macht, der Kirche Pracht
Hat manchen Staat schon klein gemacht;
Ein Höhepunkt, der Papst rief, hossa,
Ab ging's im Bittgang nach Canossa.

Bis heute zeigt ihr Werdegang
Beständig auf zur Macht den Drang;
Im Gegensatz zu Christus' Lehren,
War sie bestrebt, das Geld zu mehren

Und hortete ihr Kapital,
Fernab von christlicher Moral,
Bei Banken und in Panzerschränken,
Anstatt die Armen zu bedenken.

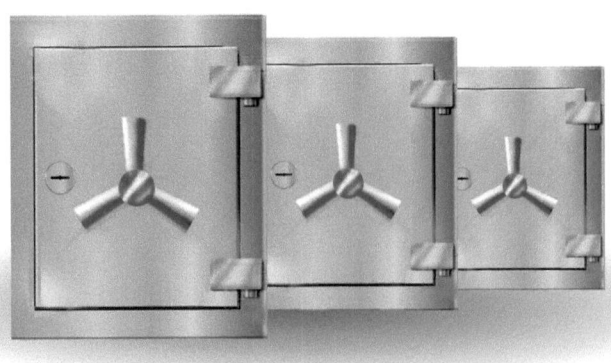

Noch keine Audienz

Den Papst zur Audienz zu lassen,
Nun, das könnte ihm so passen;
Vorerst mög er sich beschränken,
An die Hausaufgaben denken;

Sich nicht länger davor zieren,
Kinderschänder zu kastrieren;
Danach werd ich überdenken,
Ob ihm ist Gehör zu schenken.

Doch ich kann ihm jetzt schon sagen,
Prunksucht will mir nicht behagen,
Und in Massen Geld zu horten,
Widerspricht auch Jesus' Worten.

Da ist manches zu bewegen,
Bis ihm wird zuteil mein Segen;
Deshalb sollt' er nicht verzagen,
Wenn wir die Audienz vertagen.

Der kleine Rächer

Vom Himmel hoch, da komm ich her,
Der Herr gab mir ein Luftgewehr
Zum Namenstag, als ein Geschenk,
Damit ich immer an ihn denk.

Er meinte, laß Dich nicht verdrießen,
Auf Polizisten darfst Du schießen,
Doch nur auf deren Hinterteil;
Das fand er sogar ziemlich geil.

Auf diese Weise kannst Du lenken,
Sie hin zum wahrheitlichen Denken;
Dies ist die Sprache, Du wirst sehn,
Die Polizisten auch verstehn.

Schieß nur aus etwa vierzig Metern,
Das reicht, sie solln nicht zu sehr zetern;
Ich schau von oben gerne zu,
Kaum einer schießt so gut wie Du.

Laß sie mit ihrem Hintern büßen,
Ruf: „Adolf Nazi, er läßt grüßen !"
So wird der Druck vom Eierbecher
Der Missetaten kleiner Rächer.

Doch Bruder Jesus lenkte ein,
Schieß nicht, wir wollen gnädig sein;
Mich hat man an das Kreuz geschlagen,
Du mußt es ohnehin noch tragen.

Nach dem Bruder

Mein Bruder wurd ans Kreuz geschlagen,
Heute betet man ihn an,
Durchaus möglich, würd ich sagen,
Daß mir das auch so gehen kann.

Wir sind Papst

Ihr seid Papst, ich bin Hubertus,
Also Gottes zweiter Sohn,
Auf den der Papst natürlich hör'n muss,
Will er von mir Absolution.

Drum macht euch, was ich schreib, zu eigen,
Die Sünden, ihr sollt sie bereun,
Auf diese Weise Einsicht zeigen,
So könnt ihr Gott, den Herrn, erfreun.

Auch Jesus lässt euch dringend raten,
Er schaut sich das von oben an,
Setzt meine Worte um in Taten,
Damit auch er vergeben kann.

Das Karfreitagsessen

Am Karfreitag, nicht vergessen,
Geben wir für Dich ein Essen,
Und die lieben Engelein
Werden uns zu Diensten sein.

Nun, da bin ich gern gekommen,
Hab ihn in den Arm genommen,
Sprach zu Jesus: Bruderherz,
Mich verfolgt noch heut der Schmerz,

Als man Dich ans Kreuz geschlagen,
Und er wird mich ewig plagen,
Doch um unsre Erdenwelt
Ist's nicht anders heut bestellt.

Klüger sind sie nicht geworden,
Menschen hassen und sie morden;
Reiß ich mir auch aus ein Bein,
Besserung, sie tritt nicht ein.

Jesus drauf: Ich weiß, wir sehen
Auch von hieraus das Geschehen,
Wenn jetzt Mittelalter wär,
Träf es Dich besonders schwer.

Ja, man hielt Dich wohl gefangen
Hinter schweren Gitterstangen,
Das fänd ich besonders fies,
In dem Vatikanverlies.

Meinte wohl der Papst, dem kranken
Kopf entfleuchten sonst Gedanken,
Kritisierend, lästerlich,
Die würd er verbitten sich.

Deshalb sollten seine Wachen
Dich um den Kopf kürzer machen,
Und dann könnten wir das Essen
Heute in der Tat vergessen.

An Jesus

Bruder Jesus, sei gegrüßt,
Ich hab nun genug gebüßt,
Möchte endlich, fern der Erden,
Jetzt mit Dir vereinigt werden.

Sprich mit Vater, schlägt er ein,
Soll es auch sein Vorteil sein;
Ich werd ihm dann, zum Behagen,
Täglich ein Gedicht vortragen.

Wiedervereinigung

Stelle man sich einmal das vor:
Eingesperrt in einem Castor,
Sitzt der Papst mit einem Pastor,
Und zwar hätten dort die beiden
Einvernehmlich zu entscheiden,
Wie die Christen, hier auf Erden,
Wieder konfessionslos werden.
Dies wird sicherlich gelingen,
Andernfalls würd man sie bringen,
Das verleiht dem Denken Schwung,
Baldigst zur Endlagerung.

Jesus Christ Du darfst nicht leben

Jesus Christ mit langem Haar und gemaltem Heilgenschein;
Laßt uns beten, laßt uns singen, er kann Gottes Sohn nur sein.
Jesus Christ mit langem Haar, Gott! Doch ohne Heilgenschein,
Du verdammter Gotteslästrer, stecht es ab das Ketzerschwein.

Jesus Christ, Du darfst nicht leben, bist nur lieb als Gottesbild,
Kommst Du zu uns auf die Erde, werden Deine Schafe wild.
Komme nicht, denn Deine Lämmer wollen gute Schafe sein;
Kommst Du, werden sie auch heute wieder Deine Mörder!

In dem Mitleid liegt die Liebe

In dem andern selbst sich spüren,
Seine Tränen und sein Leid,
Zart die Seele zu berühren,
Mit ihm fühlen jederzeit,

Zeigt im Mitleid uns ein Lieben,
Das den andern nie vergißt,
Tief im Herzen eingeschrieben,
Vielleicht selbst die Liebe ist.

Symbol fürs Leben

Schaut die traurigen Gestalten
Wie sie sich am Wagen halten,
Mühsam Schritt für Schritt ihn schieben,
Was ist ihnen noch geblieben?

Unverzagt und ohne Klagen
Tief gebeugt ihr Kreuz zu tragen;
Dies Kreuz als gelebtes Zeichen
Sollt den Mitmenschen erreichen,

Um die Augen ihm beizeiten
Für das eigne Los zu weiten,
Sich den Alten hinzuwenden,
Jedes Leben kann so enden.

Sollten wir uns nicht versagen,
Für den andern mitzutragen;
Wenn wir dies zum Sinn erheben,
Wird das Kreuz Symbol fürs Leben.

Weihnacht

Weihnacht, einer Kerze milder Schein
Strömt behutsam feierlichen Glanz,
Ins Gemüt, in unsre Seelen ein
Und erfüllt uns in der Andacht ganz.

Einer Andacht still im eignen Sein,
Fern der Welt die lärmend rauh sich gibt,
Und wir träumen schöpferisch allein
Von der, die im ewiglichen liebt.

Weihnacht, einer Kerze strahlend Licht
Für den Glauben an die schönre Welt,
Strömt sie Glanz, stirbt auch die Hoffnung nicht,
Unser Weg wird dann von ihr erhellt.

Der Freiheit Licht

Freiheit atmen, Freiheit spüren,
Öffnen sich der Freiheit Türen,
Im Bewußtsein ein Erheben,
Führt der Weg zum wahren Leben.

Lassen wir im Zaum uns halten
Der umgebenden Gewalten,
Um vor ihnen uns zu bücken,
Schleichend mit gekrümmtem Rücken,

Durch den Lauf der Lebenszeiten
In dem Schleim der Niedrigkeiten,
Müssen wir wie Würmer kriechen,
Duft der Freiheit niemals riechen,

Lebend wie die Toten wandeln,
In dem aufgedrängten Handeln,
Und in Dunkelheit vergehen
Ohne je das Licht zu sehen.

Aus der Wahrheit leben

Einssein mit dem eignen Glauben,
Aus der Wahrheit, die wir leben,
Lassen wir uns niemals rauben,
Würden unser Leben geben,

Um es aufrechtzuerhalten
Gegen willkürliches rechten
Der verlognen Staatsgewalten,
Die mit ihrer Macht uns knechten.

Auch im Scheitern aufrechtstehen,
Damit setzen wir ein Zeichen,
Können noch im Untergehen
Einen Lebenssinn erreichen.

Dein Gewissen muß Dich leiten

Dein Gewissen muß Dich leiten,
Überprüf es stets aufs neu;
Auch in Deinen schweren Zeiten,
Bleibe ihm von Herzen treu.

Dein Gewissen muß Dich lenken
Und begleiten den Verstand,
Ist bei allem klugen Denken
Unsrer Würde Unterpfand.

Mögen Dich die Menschen richten,
Laß sie werfen ihren Stein,
Können niemals Dich vernichten,
Hältst Du Dein Gewissen rein.

Die andre Wange

Jemand schlug ihm auf die Wange,
Er hielt auch die andre hin,
Und, es dauerte nicht lange,
Traf ein weitrer Schlag sein Kinn.

Darauf wolln wir uns beschränken,
Wie die Sache weitergeht,
Mag sich jeder selber denken,
Wer hier seinen Mann nicht steht,

Wird gepeinigt und getreten,
Hat mit Bösem er Geduld,
Hilft kein Hoffen und kein Beten,
Erwächst daraus eigne Schuld.

Unrecht gilt es abzuwehren,
Und zwar mit der ganzen Kraft,
Es wird sich sonst weiter mehren,
Weil es stetig Unheil schafft.

Halte was Du hast*

Deine Krone sollst Du halten,
Die Du Dir erworben hast,
Gegen mächtige Gewalten,
Denen freies Sein nicht paßt.

Mit der Möglichkeit zu scheitern,
Unsere Gegebenheit,
Sich im Selbstsein zu erweitern,
Gegen alle Widrigkeit. [1]

Um die Hoffnung zu bewahren,
Daß die Mahnung wird gehört,
Im Bewußtsein der Gefahren,
Sich die Menschheit nicht zerstört.

Gilt das Äußerste zu wagen,
Durch Dein Handeln in der Welt,
Nicht im Scheitern zu verzagen, [2]
Solang man die Krone hält.

*Die Offenbarung des Johannes, Kap. 3, Vers 11
[1] [2] Karl Jaspers, in „Mitverantwortlich"
zu Kants: „Zum Ewigen Frieden"

Habt mich gern

Es reicht mir und insofern
Sage ich, habt mich mal gern,
Wenn vom Vielen, das ich schrieb,
Etwas bei euch hängen blieb.

Mir ist's gleich, aus welchem Grund,
Was ich denke, tat ich kund,
Und in meinem Tun und Denken
Lasse ich mich nicht beschränken.

Fühlt die Staatsmacht sich gekränkt
Durch das, was ich ihr geschenkt,
Wär mein Wunsch, daß es bleibt hängen,
Lange noch in ihren Fängen.

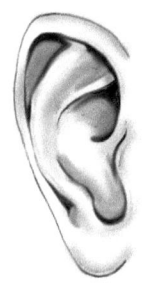
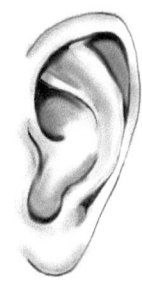

Für die Ohren

Solange ich atme, werde ich denken
Und was ich denke zum Besten geben;
Es ist nicht die Absicht, doch sollt es euch kränken,
Dann trachtet mir ruhig nach meinem Leben.

Es naht ohnehin unausweichlich das Ende,
Da möchte ich mir nichts schuldig bleiben,
Und manches könnt ihr, was ich gut fände,
Euch gerne hinter die Ohren schreiben.

Engelswesen

Daran kann ich mich erbauen,
Wenn sie lächelnd zu mir schauen,
Kleine Kinder voll Vertrauen,
Daran kann ich mich erbauen.

Wenn sie mit den Händchen winken,
Ihre Äuglein lustig blinken;
Schön ist es sie anzuschauen,
Daran kann ich mich erbauen.

Engelswesen, diesen kleinen,
Mög die Sonne immer scheinen,
Wenn sie langsam größer werden,
Suchen ihren Weg auf Erden.

Oh Gott !

Oh Gott! Kein Mensch war bei dem Jungen
Als er aus dem Hochhaus verzweifelt gesprungen;
War zwölf, ist aus dem Fenster geklettert
Und wurde beim Aufprall grausam zerschmettert.

Er sprang der Gesellschaft ins Angesicht,
Die denkt an Fußball und merkte es nicht;
Die Fahnen flattern, man hört sie schon wieder,
Begeisterungsschreie und trunkene Lieder.

Auch die Politiker singen im Chor,
Da feiern sie mit, kein Trauerflor;
Der Rathausmarkt nicht auf Halbmast geflaggt,
Was zählt schon der Junge, wenn Fußball sie packt.

(Der Junge starb am 5. Juni 2008 in Hamburg-Lokstedt,
Julius-Vosseler-Weg 134)

Was für eine Welt

Niemand kann sein Leid ermessen,
Was für eine Welt;
Von den meisten schon vergessen,
Bist für mich ein Held.

Ich bewundre diesen Jungen,
Seinen großen Mut,
Wie er in den Tod gesprungen;
Trauer bleibt und Wut.

Sicher könnt ich ihn gut leiden,
Hätt´ ihn gern gekannt,
Ihn bewahrt vorm frühen Scheiden,
Ihm gereicht die Hand.

Der Schrei

Der Schrei, ihn sieht man an der Wand
Als Bild, durchaus nicht unbekannt
Und auch als Druck in einem Buch
Schaut er uns an, des Wahnsinns Fluch.

Er, der in Wirklichkeit nur stört,
Wird dort am liebsten überhört,
Obwohl der Schrei vieltausendfach
Sollt rütteln die Gemüter wach.

Durchzieht hier Tag für Tag das Land,
Prallt aber ab wie von der Wand,
Wird schnell verdrängt, die Masse schreit
Nach Jubel, Trubel, Heiterkeit.

Vertane Zeit

Vom Himmel hoch da komm ich her,
Mal wieder auf die Erde,
Obwohl ich lieber oben wär,
Was mich empfängt, ist merde.

Doch Bruder Jesus sagte mir,
Tu Vater den Gefallen,
Du bist doch lang genug noch hier,
In unsren heilgen Hallen.

Er grämt sich wirklich fürchterlich,
Mag nicht mehr runter schauen,
Sein Werk mißlang, er zählt auf Dich,
Denn Du hast sein Vertrauen.

Nun, ihm zulieb war ich bereit,
Werde mein Bestes geben,
Sie scheint mir als vertane Zeit
Vor dem ewgen Leben.

Ins neue Jahr

Das alte Jahr vergangen,
In der Silvesternacht
Vom neuen Jahr empfangen,
Bis hier hab ich´s gebracht.

Ein Jahr lang ging es weiter,
Die Zeit, sie floss dahin
Auf meiner Lebensleiter,
Freudlos, mit wenig Sinn.

Es stellt sich nun die Frage,
Wird es das letzte sein,
Der Ausgang, er ist vage,
Erst geh ich mal hinein.

Zum ewigen Leben

Gezählt sind die Tage,
Dann ist es soweit,
Vorbei Müh und Plage,
Der Sarg steht bereit;

Mit Blumen geschmückt
Trägt man ihn hinaus,
Die Seele entrückt,
Sie ging ihm voraus,

Ins ewige Leben,
Nach dem Zwischenspiel,
Auf Erden gegeben,
Erreicht sie das Ziel.

Nachruf

Hubertus ist tot, Hubertus ist tot,
Welch eine Freude, nachdem was er bot;
Er hat kritisiert, er hat uns gerügt,
Sich aufgelehnt, sich nicht eingefügt.

Mit Worten, Gedichten, da war er schnell,
Ein Unruhestifter, ein Unruhequell;
Das brauchen wir nicht im deutschen Land,
Die Staatsmacht lenkt hier mit ordnender Hand.

Vergessen wir ihn und auch seinen Geist,
Damit der nicht weiter um uns kreist;
Hubertus ist tot, das gilt als Gebot,
Die Macht des Staates hält alles im Lot.

Hubertus Scheurer

Angekommen

Als von meinem frohen Leichnam
Die Seele in das Himmelreich kam,
Hörte sie ein Lied erklingen
Und die lieben Englein singen:

Hubertus er ist angekommen,
Hat endgültig Platz genommen,
Zwischen Jesus und Gottvater
Als Bruder, Sohn und ihr Berater.

Möge es ihm doch gelingen,
Trost und Freude Gott zu bringen,
Künden in Hubertus´ Namen,
Hosianna, preist Gott, amen.

Die Gedichte dieser Schrift
wurden den folgenden Lyrikbänden entnommen:

Daß Liebe unser Leben durchdringt
ISBN 978-3-8334-7977-9

Für Dich
ISBN 978-3-8334-7975-5

„Kampfbereit" wie Bruder Jesus allezeit
Zu Guttenberg bewahr uns vor Trittihn-
nesen, Gysi-tor! Die Verleumder hier im
Land mach ich weiterhin bekannt.
ISBN: 978-3-8448-7206-4

Sokrates läßt Deutschland grüßen – damit
Freiheit atmen kann
ISBN 978-3-8334-7988-5

Armes Deutschland
Kritische Betrachtungen zur Rechtslage
der Nation und einiges mehr.
In Versform
ISBN: 978-3-8423-9549-7

 Im Stadium der Reife
ISBN: 978-3-8448-3382-9

 Widerstand den Affenärschen!
Grundgesetz ade
ISBN: 978-3-8391-5609-4

 Die Glüh-Birne
Zur Warnung und Erleuchtung!
ISBN: 978-3-8391-5761-9

 Für Dich – Eine Nachlese
ISBN: 978-3-8370-6224-3

 Zur Lebensbegleitung
Eine Auswahl besinnlicher Gedichte
als Richtschnur für das Leben
ISBN 978-3-8482-7230-3

 „Ein Unrecht-Staat"
mit „Nachruf" für Hubertus Scheurer
ISBN: 978-3-7322-2636-8